星空影院

［日］西野亮广 著／绘　王志庚 译

新 星 出 版 社　NEW STAR PRESS

目 录

グッドモーニングジョー

早安乔

山顶上有座古天文台，

住着一位镶着银牙的老爷爷。

银牙爷爷整天对着星空笑，

他一笑，银牙就闪闪发光。

街上的人们讨厌他，

谁都不想走近天文台半步。

镇上有个男孩叫健次，

总是沉醉在自己感兴趣的事情中。

健次听说山顶上有一位银牙爷爷，

于是，他不顾大家的阻拦，来到天文台。

可是，银牙爷爷却一直盯着望远镜。

“爷爷，您在看什么呢？”健次问。

“星星。”银牙爷爷回答道。

银牙爷爷一副爱搭不理的样子，不肯多说一个字。

“爷爷，您不觉得厌烦吗？”健次接着问。

“不烦。”银牙爷爷还是一副爱搭不理的样子。

健次气急败坏地说：

“天天盯着星星，难道您还看不够嘛！”

说完，健次准备离开。

"谁说我只是盯着看，难道你没看到我在移动星星吗？"

健次听到银牙爷爷这么说，觉得很神奇。

"你过来，看着那颗蓝色的星星。"

健次按银牙爷爷说的，盯住那颗蓝色的星星。

嗖——

蓝色的星星飞了起来，健次吓了一跳。

“这次，你看着那颗红色的星星。”

健次按银牙爷爷说的，又盯住那颗红色的星星。

嗖——

红色的星星也飞了起来，

健次又吓了一跳。

“这不是普通的望远镜，我能用手抓住里面的星星哦。”

“只要有这个望远镜，那还不是小菜一碟！”

“太棒了，太棒了！”

“哪怕是北极星，我都能移动它，不过，那样的话，海上的轮船就要迷航了。”

“爷爷，您是谁？”

“我叫早安乔，是星空的总管。”

早安乔的银牙发出闪闪的亮光。

只要他一笑，就会露出闪闪发光的银牙。

OFF
ON

健次睁大眼睛问，

“乔，您能给星星涂上颜色吗？”

“只要有这个望远镜，那还不是小菜一碟！”

“太棒了，太棒了！”

“如果你想要一轮新月，我把月亮涂黑一块就行了。”

早安乔的银牙发出闪闪的亮光。

健次睁大眼睛问，

“您能移动太阳吗？”

“那用这个望远镜，就不管用啦！”

“为什么不行呢？”

“会被烧伤的。”

早安乔的银牙发出闪闪的亮光。

“乔，您的梦想是什么呢？”

“我想到月亮上走一走，不仅仅是触摸到它。”

“将来我要做一个机器人，带您到月亮上去。”

早安乔的银牙发出闪闪的亮光。

早安乔和健次的梦想一点点萌芽。

从那以后，健次每天都去找银牙爷爷，

早安乔有时候会摆一些星座，比如天牛座和飞机座。

摆冰激凌座的时候，健次忍不住流口水。

早安乔的银牙发出闪闪的亮光。

一天，早安乔缓慢地摆弄着星星。

从未见过流星可以如此缓慢地消逝呢。

“原来流星可以缓缓地划过天空，这样的话，梦想就能实现了。”

健次嘻嘻地笑了。

早安乔的银牙发出闪闪的亮光。

然而，好景不长。

这一天，健次和往常一样来到天文台，

只是不见了望远镜后面乔的身影。

经过打听才知道，乔在昨晚被送进医院后，死了。

天文台变得异常安静。

健次第一次感觉到，原来这里能听清山下街道上的声音。

无论如何，他再也不能帮助乔实现登月的愿望了。

看到给星星涂色的彩色铅笔，

移动太阳的隔热手套，

还有神奇的望远镜，

健次回想起和早安乔一起度过的快乐时光。

现在，乔死了，健次的眼泪止不住地往外流。

哭着哭着，健次抬头望向夜空……

那里有一颗他从未见过的银色星星。

“乔！”

早安乔变成了一颗银色的星星。

健次擦干眼泪。

他和早安乔有个约定，

在望远镜里，健次抓住那颗银色的星星。

嗖——，健次把它移动到了月亮的旁边。

银色的星星发出闪闪的亮光。

赤いハシゴ

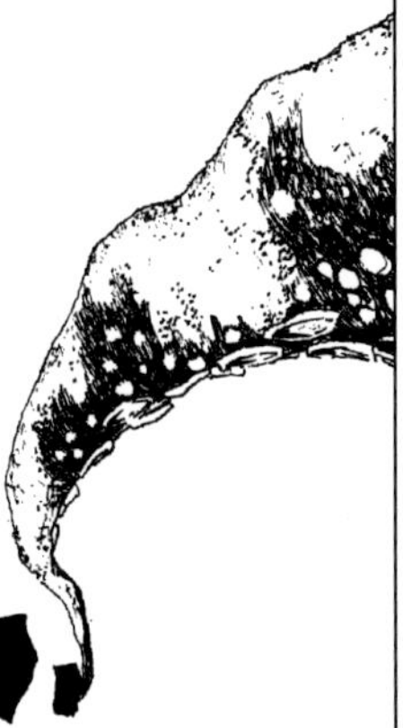

红梯子

在广袤的宇宙中，有一颗叫“千层酥”的小小星球。

那颗星球的面积很小，无法满足不断增加的居住人口。

城市无法横向发展，只能纵向延伸。

所以，那里的人们出门都要用梯子。

城里有一个经营梯子的男子，名叫董京。

最近董京很烦恼。

他的梯子是红色的，一直很受欢迎。

可是由于电梯的出现，董京的红梯子卖不出去了。

董京每天无所事事。

ビヤホール
ガス風呂の店
山田リフト
ヤマダ
梯子屋
クスリ
工具
建築 金物 セトモノ 家庭用品
卸・小売
下田雄大
白木
344-

董京的仓库里堆满了卖不掉的红梯子。

每次打开仓库，董京都想放弃。

天上的星星亮晶晶。

今晚的夜空多美丽。

董京凝望着夜空中的星星。

壹
福寿安康

嗖——

一颗蓝色的流星，飞到董京眼前停住了。

董京凝神细看，兴奋地喊出声。

那颗星星闪着蓝光，仿佛伸手就能摸到。

乳
根

“星星掉下来啦！星星掉下来啦！”

“千层酥”星球上的人们骚动起来。

小孩和老人都被这个神奇的现象吓得胆战心惊。

年轻女孩们有的拍照留念，有的默默祈祷。

幸福
ビューティサロン 石橋
書店
03-4139 66312
牛乳
でも生きカエル
月見の湯
ゆ
ビヤホール
芸術家きどりを排除
これぞ絵本の真
〜子供の

天亮了，蓝色星星的出现成了头条新闻。

一位记者说，天地要发生巨变啦。

街上挤满了人，到处都是卖东西的，

有蓝星饼干、蓝星包子，还有蓝星玩偶。

堤下電氣
鳴かぬなら 鳴イヤツ探そう
ホトトギス
7月
8月

大家乘电梯来到最高处，望着蓝色星星。

如果是在从前，董京的红梯子肯定会大卖的，

可是现在，红梯子派不上用场了。

一个刮着大风的夜晚，

董京望着那颗蓝星出神，

“咚、咚——，咚、咚——”

风中传来微弱的鼓声，

“蓝星上面有人！”

或许他们也正在狂欢吧。

“咚、咚——，咚、咚——，咚、咚——”

不是幻听。

尽管声音很微弱，但的确听得出来，是鼓声。

街上的人们都说：“我们没听到鼓声。”

“除了这里，其他星球上不可能有人。”

没有人相信董京。

馬場最中
ラクラク
伊藤のり
ハシゴ事故多発!!
ハシゴは時代錯誤
下り専用
足下注意
鈴木
美容室

董京想去蓝星上看看，他想知道上面是不是真的有人。

尽管董京没有宇宙机器人，他还是很想去蓝星上看看。

董京很苦恼，他突然跑向仓库。

文明開化！
チケット
ラブスタンプ発行
秋山スタ
閉店セール!! 板倉帽子店
酒店
モテモテ人生おまかせします
中須クリニック
飲んだら吐くな
吐くなら飲むな

他打开仓库门，对着堆积成山的红梯子说：

“伙计们，该你们出场了。”

董京要把红梯子搭起来，蹬着梯子爬到蓝星上去。

董京迅速开始行动，他用绳子把两个梯子捆在一起，

然后用钉子钉好，做成一个更大的梯子。

街上的行人起初并没有在意。

眼看红梯子就要够到蓝星了，大家觉得他真了不起。

懐石料理
あべ屋
山里
谷口理髪店
古くなったハシゴ
壊れたハシゴ
お引取り
リフォームで
今度はサイフに
すきま風
も-123
99

董京每天都在搭梯子。

不知什么时候，红梯子伸到宇宙里了。

站在那里看到的星空，比站在屋顶上看到的更美丽。

可是，宇宙实在太大了。

虽然已经离开“千层酥”很远了，

看似近在咫尺的蓝星，却还是那么遥不可及。

无论再有多少把梯子，好像都无法到达那里。

渐渐地，鼓声听不到了。

董京心想，要是梯子搭到那个星球上，却发现那里没有人可怎么办?

他不安起来，感觉有些疲惫。

这时，星空中跑过来一只猫，停在他面前。

“好奇怪，小猫，你是从宇宙里跑来的吗？”董京对猫说。

“是呀，你在这里干什么呢？”猫问道。

“我想搭着梯子到那颗蓝色的星星上，我想知道那里也有人吗？”

“当然有人住呀。”

“你怎么知道的？”

“我去过那里呀。”猫回答。

猫好像能在宇宙中飞来飞去。

“猫先生，你真厉害，我怎么才能到达那里呢？”董京问。

“那还不简单，只要你想到，就一定能到啊。”猫回答。

宇宙中有很多神奇的动物。

“那上面有人居住。”

听了猫的话，董京终于安心了。

“尽管有时会迷路，但我能去宇宙中任何想去的地方，你也一样。”

说完，猫消失在宇宙深处。

董京继续搭着梯子。

几年以后……

蓝色的星星终于近在眼前了，

仔细看，上面好像都是海水。

董京的梯子终于到达蓝星了。

正如猫说的那样，蓝星上也住着人。

那里的人们热烈欢迎董京的到来，也很喜欢高耸入云的红梯子。

红梯子脚下聚集了很多人，还建起了很多高楼。

ガギー

后来，红梯子周围出现了一座城。

HINODE HOTEL

ドンドコ山のバケモノ

咚咚山上的怪物

“咚咚、咚咚、咚咚！”

从前，某颗星球上有个村庄。

村头有一座咚咚山。

咚咚山上住着一个叫“厄”的可怕怪物。

在一个神奇的夜晚，所有的星星都动起来。

厄用力敲鼓，他想让鼓声传到另一颗星球上去。

村民们被鼓声吵得很烦躁。

村民们想念从前安静的日子，派英勇的武士和高超的猎人去消灭厄，

结果都被厄一口一口吞掉了。

这一天，一个迷路的女孩误入咚咚山。

山中一片漆黑。

“你要去哪儿？”厄出现了。

他想吃掉女孩。

“我要去村子里。”

女孩丝毫没有感到恐惧，坦然地回答。

“去村子里干吗？”厄粗暴地问。

“送东西啊。”女孩还是坦然地回答。

只见女孩的脖子上挂着一个绿色的袋子。

难道她真的不害怕怪物吗？

厄已经接近疯狂了。

“快把那个绿东西给我拿来！”

厄在女孩面前晃动着锋利的爪子。

“这不是给您的！”女孩仍然很淡定。

厄觉得有点奇怪，就转到她的身后。

“这是给村民的东西。”

女孩朝着厄刚才站立的地方说。

“叔叔，我迷路了，您能把我带到村子里去吗？”

厄已经接近狂躁。

“我想在天黑之前进村。”

周围一片漆黑。

“叔叔，咱们快点走吧，要不村民们该睡觉了。”

“你不害怕吗？”厄问道。

“怕什么？”

“啊，怕我啊？”

“当然不怕您啦，不相信别人才更可怕。”

“是吗，不对，那……”

“好啦，叔叔，您要是不帮我，我就自己走啦。”

说着，女孩出发了。

不过，她朝着与村子相反的方向走去。

“你走错方向了！”

厄不由得脱口而出。

“叔叔，您真好！”

女孩转过身，露出甜甜的笑容。

厄第一次看见人类的笑脸。

厄很丑，以前看到他的人都是一副冷冰冰的面孔。

女孩的笑脸和那些冰冷的面孔很不一样，

厄感到胸中有一股暖流。

“赶快下山吧。”

厄决定不吃女孩了。

“叔叔，我不知道怎么才能走到村里去，请您带路吧。”女孩说。

厄不想去村子里。

“我不能去那里。”

“为什么？您和村民吵架了吗？”

“嗯，差不多吧。”

“叔叔，您还好吧？”

厄又感到一股暖流涌上心头。

那是他从没体验过的非常奇妙的感觉。

厄想着，我要把这种温暖的感觉还给女孩。

“我现在敲鼓，你背对着鼓声，

一直朝前走，这样就能走进村子里了。”

厄说话的语气很自然。

“谢谢您，叔叔！您要一直敲，直到把我送进村子里。

您要是停下来，我会迷路的，一言为定啊。”

“啊，一言为定！”

厄第一次和人类说这么多话。

“出发吧。”

“叔叔，我们还会再见的！”

“再见！”

“咚咚咚，咚咚咚。”

厄敲起鼓，女孩背对着鼓声，朝村子的方向走去。

“咚咚咚，咚咚咚。”

女孩消失在厄的视野里。

背对着鼓声，女孩朝着村子的方向走去。

“咚咚咚，咚咚咚。”

“咚咚咚，噗——”

鼓面漏了一个大洞，无法再发出声音了。

在黑暗的山中，女孩停下了脚步。

她感到很不安。

厄急忙换到另一面，继续敲鼓。

“嗒——嗒——”

鼓的声音很沉闷，无法传到女孩那里。

厄很担心女孩。

“您要一直敲，直到把我送进村子里。”

“啊，一言为定。”

厄和女孩有个约定。

厄想把女孩带给他的那种温暖还给女孩。

“嗖嗖嗖，嗖嗖嗖。”

厄朝着岩石山跑了过去。

“咚！”

厄用自己的头撞上山岩。

“咚咚咚，咚咚咚。”

厄的头一次又一次地撞击着山岩。

“咚咚咚，咚咚咚。”

虽然声音有些沉闷，但巨大的撞击声还是传到女孩那里了。

女孩继续朝着村子的方向走去。

“咚咚咚，咚咚咚。”

厄的头经过连续撞击，开始流血。

“咚咚咚，咚咚咚。”

流出的血量越来越大。

周围的树木被染成了红色。

厄血流不止，但他仍然用头撞击着岩石，发出巨大的声音。

“咚咚咚，咚咚咚。”

女孩平安地走进村子。

咚咚的声音听不到了。

信守承诺的厄出血过多，死了。

从那以后，咚咚山上再也听不到鼓声了。

村民们如愿以偿，村子里恢复了宁静。

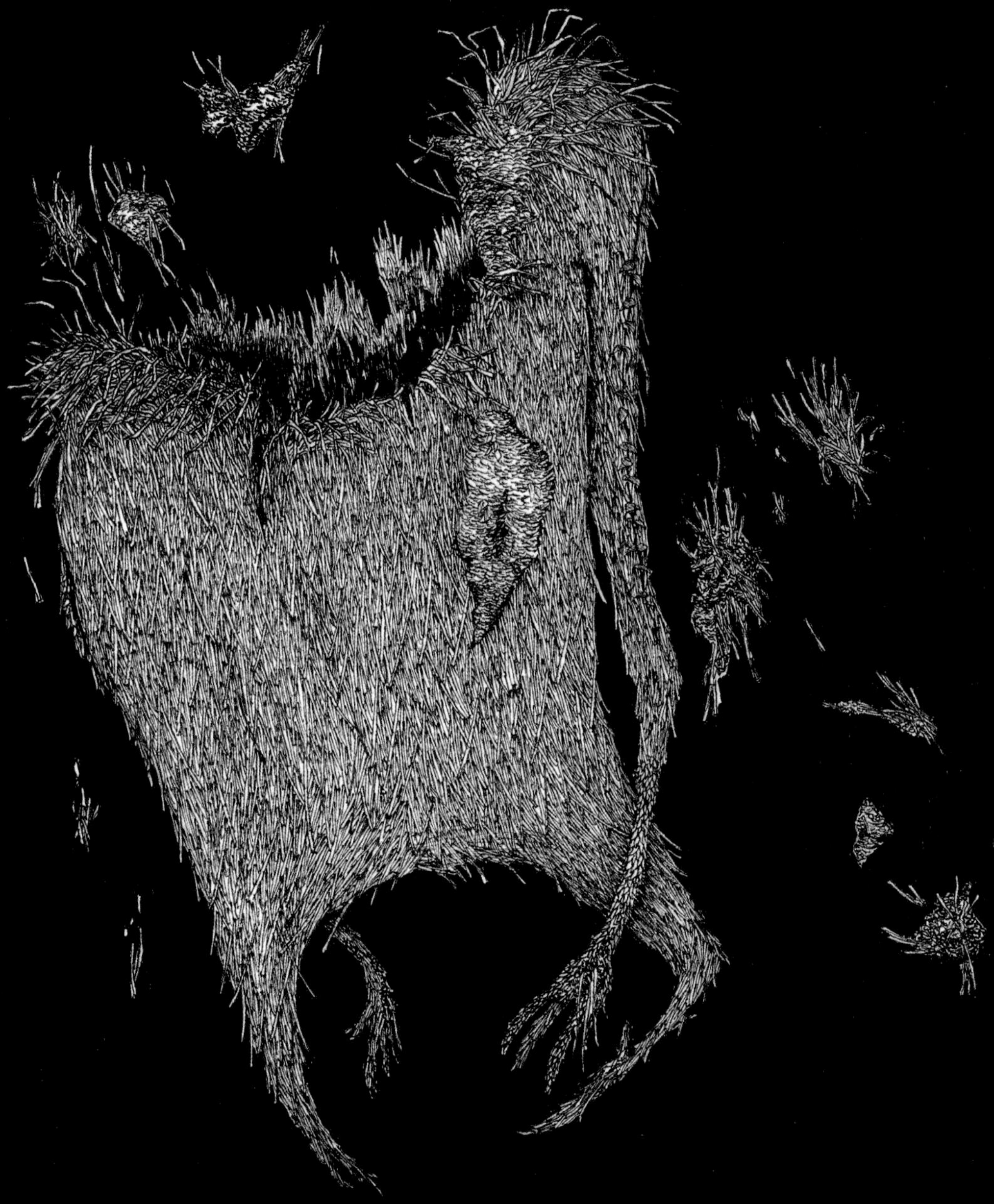

Dr.インク

墨博士

可是，梦的情节，究竟是谁设计的呢？

在世界的最深处，有一个最忙碌的剧作家，叫墨博士。

他负责给人们创作每晚做梦的剧本。

要给所有人创作不同的梦的剧本，工作量相当大。

有时候，墨博士的剧本不够用，

没有得到剧本的人，就不会做梦。

墨博士实在太忙了，这也是不可避免的事。

墨博士会写各种各样的梦的剧本，

和朋友玩耍的梦，愿望成真的梦，悲伤的梦……

墨博士有很多助手，被称作“传梦人”。

传梦人用一个专门的机器把墨博士创作的剧本做成胶囊，

然后再把胶囊装到一个绿色的布口袋里。

传梦人飞到世界各地去，

给刚入睡的人们口中放入一粒做梦胶囊，

这就是传梦人的工作。

传梦人的眼睛不好，可是耳朵很灵敏。

到了递送胶囊的时间，他们就竖起耳朵，

听着“晚安！”的声音去送梦的胶囊。

有时，他们会迷路。

万一传梦人迷路，墨博士的剧本胶囊就无法送达人们的口中。

传梦人的工作很辛苦。

这一天，墨博士体力不支，昏睡过去了。

他无法再创作梦的剧本，所有的胶囊加工作业也停止了。

全世界的人们都无梦可做了。

就这样过了三四天，没有人觉得异样。

过了一个星期，两个星期，人们开始谈论。

“最近，我好像没有做梦。”

这很快成为一个世界性的话题。

世界变成了一个没有梦的地方。

如果人不再做梦，世界将会怎样？

尽管不会导致犯罪增加和人心阴暗，但人们总觉得有些单调无聊。

一旦习以为常的东西消失了，都会觉得有些空虚吧。

要想让人们有梦可做，就必须让墨博士恢复健康。

可是，他始终卧床不起，吃药也无济于事。

传梦人都来祈祷，墨博士快点好起来吧。

可是，墨博士丝毫没有康复的征兆。

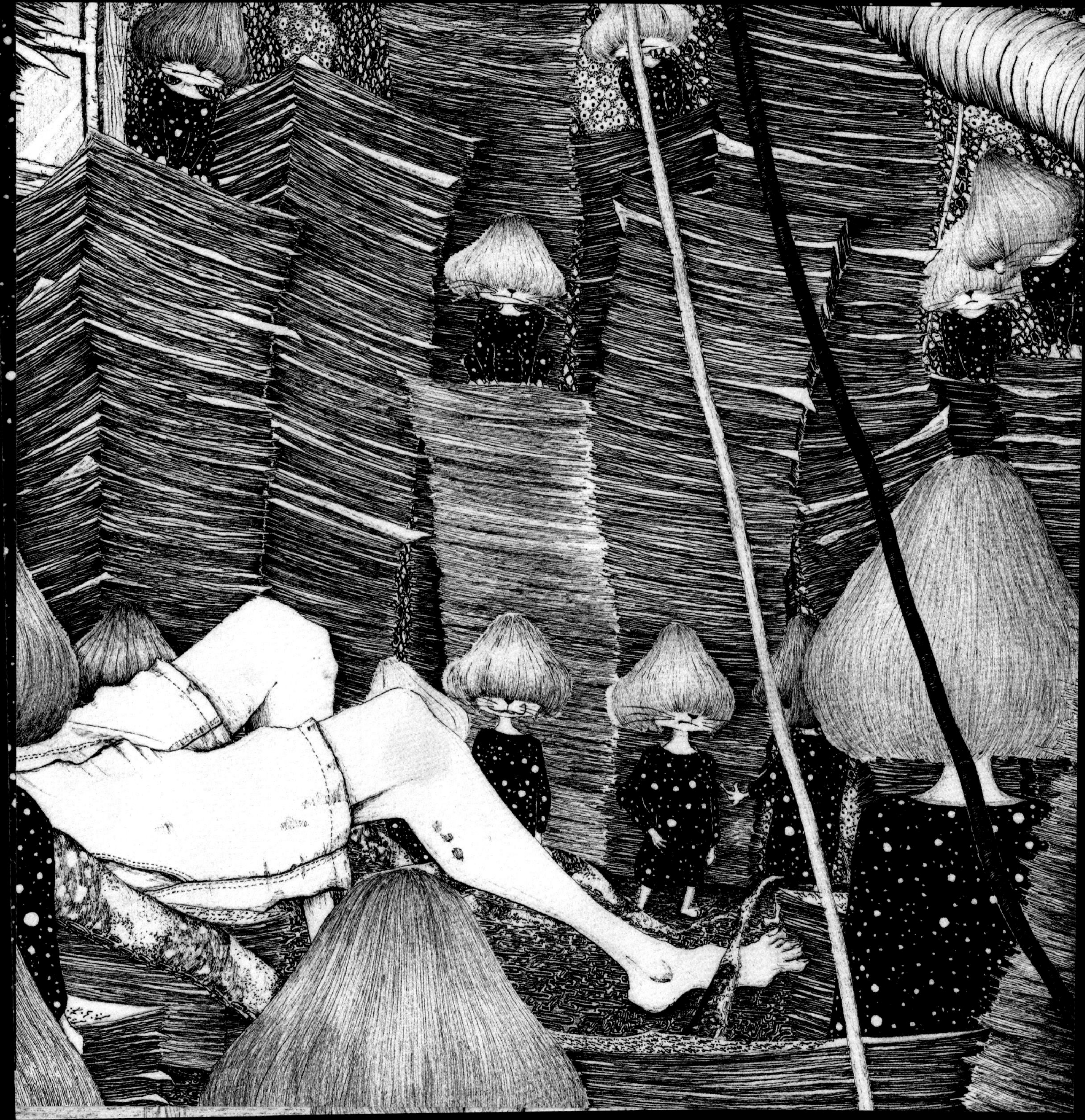

嗖——

一颗流星划过天空。

“墨博士早日康复！墨博士早日康复！”

可是，来不及了。

那一晚，每当流星划过天空，传梦人都会祈祷。

可是，流星的速度太快，不到两秒就消失了。

这么短的时间根本无法完成三遍祈祷。

墨博士一直昏睡不醒。

“要是流星慢一点该多好呀！”传梦人都这么想。

“听说，对着流星许三次愿就能梦想成真。”一个传梦人说。

“那我们就对着流星许愿吧，祈祷墨博士早点醒来。”

所有传梦人齐声说。

晚上，所有传梦人爬上屋顶，等待流星出现。

嗖——

一颗流星划过天空。

“墨博士早日康复！墨博士早日康复！”

可是，来不及了。

那一晚，每当流星划过天空，传梦人都会祈祷。

可是，流星的速度太快，不到两秒就消失了。

这么短的时间根本无法完成三遍祈祷。

墨博士一直昏睡不醒。

“要是流星慢一点该多好呀！”传梦人都这么想。

“啊！”一个传梦人站了起来。

“想做梦的人中一定有谁能控制流星！”所有传梦人都吃了一惊。

“只要找到那个人，让他慢慢地移动流星。

流星划过天空的速度慢下来，我们就有时间祈祷三遍。

墨博士就能睁开眼睛了！”

“能找到那个人吗？”

“当然啦，我亲眼见过有人移动星星呢。”

“他是谁呢？”

“他叫早安乔，是星空的总管。”

大家意见统一，决定为昏睡的墨博士和想做梦的人们去寻找那个人。

一个传梦人跑向早安乔居住的星球。

传梦人奔跑在宇宙中，他拼命地跑啊，跑啊。

可是，宇宙浩瀚无边，早安乔的星球距离遥远，

传梦人累得筋疲力尽。

他遇到一个搭红梯子的男人。

经过询问得知，那个男人要把红梯子搭到相邻的星球上去。

传梦人看到男人为了一件事汗流浃背地努力着，受到很大鼓舞。

和男人道别后，他再次飞奔起来。

传梦人终于来到早安乔的天文台。

传梦人把事情的经过告诉了早安乔，

乔愉快地答应帮忙。

嗖——

一颗流星慢慢地划过天空。

“墨博士，祝你早日康复！”

“墨博士，祝你早日康复！”

“墨博士，祝你早日康复！”

流星慢慢地滑动，传梦人们成功祈祷了三遍。

流星听到三遍祈祷，便消失了。

第二天早上，墨博士终于恢复了健康。

他向传梦人和早安乔道谢，然后又开始奋笔疾书了。

从此，世界上的人们又有梦了。

Dr.インクの星空キネマ

后 记

晚上钻进被窝，闭上眼睛，梦便开始了。
每天我都会做梦：愉快的梦、悲伤的梦、被追逐的梦，还有捕捉大力士甲虫的梦……
不过，梦里的情节并不是我自己创作的，梦的剧本是既定的。
就像那样的梦，我做过几百次、几千次。
幼年的我，对此百思不得其解。
无论如何，我都无法想象自己能在每晚写出那么多故事来。

“一定是有人在帮我写故事”，我总是这么想。

那个人叫墨博士，就是绘本里的主人公。
这是长大后的我得出的答案。
幼年的我，总是对很多事物充满好奇。
“东京塔的塔尖是怎样造出来的呢？”
一定是从顶端开始建造的。
“流星为什么会流动呢？”
因为星空总管在移动它。
这本书，可以说回答了很多我的童年疑问。
尽管绘本中的插画，颇让我花费了些时间，
但终于算是说服了童年的自己。

面对孩子们的疑问，我希望自己是一个能用精彩的故事来提供答案的大人。
感谢您读到最后。

晚安。

西野亮广

西野亮广

1980 年出生于日本兵库县。

绘本作品有《星空影院》《烟囱之城》《吉普和康提》《八音盒世界》。

曾在博客推出《西野公论》，著有小说《Good Commercial》、商务书《魔法罗盘》等。

著作版权合同登记号：01-2018-1771

图书在版编目（CIP）数据

星空影院 /（日）西野亮广著 ;（日）西野亮广绘 ;
王志庚译. -- 北京 : 新星出版社, 2018.10（2023.7重印）
ISBN 978-7-5133-3020-6

Ⅰ. ①星… Ⅱ. ①西… ②王… Ⅲ. ①儿童故事－图画故事－日本－现代 Ⅳ. ①I313.85

中国版本图书馆CIP数据核字(2018)第092887号

星空影院
[日] 西野亮广 著 / 绘
王志庚 译

责任编辑 汪 欣
特邀编辑 董碧沙
责任印制 李珊珊 廖 龙
内文制作 田晓波

出　　版 新星出版社 www.newstarpress.com
出 版 人 马汝军
社　　址 北京市西城区车公庄大街丙 3 号楼 邮编 100044
电话 (010)88310888 传真 (010)65270449
发　　行 新经典发行有限公司
电话 (010)68423599 邮箱 editor@readinglife.com
印　　刷 北京中科印刷有限公司
开　　本 889mm×1330mm 1/24
印　　张 6.166
字　　数 6千字
版　　次 2018年10月第1版
印　　次 2023年7月第2次印刷
书　　号 ISBN 978-7-5133-3020-6
定　　价 69.50元